눈물은 한때 우리가 바다에 살았다는 흔적

김성장

시인의 말

언어의 호수에 발 담그고 싶었으나
나, 호숫가 맴돌며 회한의 물결에 손 씻곤 했네.
이 많은 망치들이 어디서 흘러온 것일까.
첫 시집을 내고 25년
나는 산문의 거리를 떠돌다
잠시 이마에 물을 적신다.
내가 쪼아댄 언어들은 어디에서
먼지구름으로 뭉치고 흩어지는가.
두들겨도 달아오르지 않는 언어를 붙잡고
이제 또 어느 계곡의 돌을 기다려야 한다.
입구도 출구도 없는 둥근 물체
스윽 발을 담그어 본다.
언어의 바깥에 존재하는 세계는 없으니까,
식지 않는 운문의 비밀에 닿을 때까지

                                        딱 딱 딱 딱.

                                        2019년 2월
                                        김성장

눈물은 한때 우리가 바다에 살았다는 흔적

차례

해설

1부

뜨거운 별들이 눈썹 위로
쏟아진다

춘설

엄마가 쌀을 빻아왔다 고목나무보다 느린 걸음으로 골목을 돌아오신 것이다

가으내 들일로 참깨대가 된 손 찹쌀 가루 버무린다 엄마는 내년 봄쯤 돌아가실 예정

팥 한 층 쌀가루 한 층 설설 뿌리시며 야 떡 먹구 싶냐 파도 부서진 물보라 처마에 쌓인다

수치도

섬에서 자라는 시금치는 물결의 화석
할머니가 시금치를 캐고 있다
작은 배 하나 띄워 놓고
파도를 뜯어 배에 던진다
끼룩끼룩 날아가 수레에 앉는 시금치
늙은 섬이 흘러가며 시금치를 담는다

춘정

　점심 먹고 화단으로 가니 산수유 노란 꽃잎이 내 손목을 잡아끈다 너무 세게 잡아당기는 바람에 하마터면 나는 산수유의 앙가슴에 쓰러질 뻔 했다 그러나 그곳에 쓰러지기엔 나의 몸이 너무 딱딱했다 아마 그의 속옷과 갈비뼈마저 산산이 부서지고 말았으리라 나는 겨우 발길을 돌리기는 하였지만 그 노란 입술과 고개 숙인 눈동자의 흰 웃음은 자꾸 내 등에 와서 업힌다 손목은 자꾸 화끈거리고

무덤과 술병

이제 막 장례를 치른 무덤에서
묘비명이 반쯤 흙에 묻힌 무덤까지
잔디가 예쁘게 자란 무덤에서
참나무가 불쑥 솟구쳐 오른 무덤까지
숲의 입구에서 날망에 이르는 동안
나는 한 사람의 생애를 만나고
한 가문의 영광과 쇠락을 만나고
한 나라의 건설과 멸망을 더듬어보게 된다
생각은 제멋대로 자라 허무허무하다가
나약한 숙명론에 이르곤 하지만
그것은 거울처럼 나의 먼 과거와 미래를
보여주기도 하지만
나의 발길을 붙잡고 한참을 놔주지 않는 것은
이런 경우이다
잡초가 무성하여 이제는
잊히고 버려진 줄로만 알았던 무덤에
어느 날 문득 놓여진 소주병과 술잔
여리디여린 조팝꽃 세 가지를 꺾어다

잡풀 사이에 고요히 내려다 놓은 것
무덤인지도 확실치 않은 저 흙더미를 향하여
반쯤 남겨진 술병과 조팝꽃 말이다

상처

썰매 타다 송곳에 찢어진 손목의 상처도 그렇고
개한테 쫓기다 넘어진 무릎의 상처도 그렇고
아무는 데 오래 걸렸다
오늘 그 상처를 보다가
상처 주변의 살갗들이 상처의 색깔과 닮았음을
깨닫는다
처음 그 상처들은 상처를 메꾸고
주변의 살갗과 같아지려고 애썼을 것이다
피가 솟구치고
피의 주변에 몰려든 통곡들
헤쳐가야 하는 피의 계곡에서
사정없이 피를 빨며 통곡을 건너가는
무사들이 있었다
오십이 넘은 지금까지도 지우지 않고
상처를 남겨둔 뜨거운 입김
통곡이 멈추고 통증이 사라져도
계속 버티며 지워지지 않는 상처의 헛바닥
또는 뿌리

지금도 상처의 주변에는
송곳의 첨단이 지나간 빛을 움켜쥐고 놓지 않는
불길이 있다
상처의 흔적은 상처의 주변에 서성거린다
상처도 사랑이 있어 상처를 낳고 싶어 한다
세상이 상처투성이인 것은
상처가 맨살보다 훨씬 더 꽃에 가깝기 때문
녹슨 무기 사이를 헤집으며 상처끼리 서로 다시
찢으면서도
손목이 무릎을 비비고 있다

소매를 끌어내리며 상처를 덮는다

나는 시인이다

나는 설움이 많아서 사물을 제대로 볼 수 없는 시
인이다
두려움 때문에 눈은 점점 커지고
커진 눈동자 사이로 바람이 몰아쳐
구석구석 먼지가 쌓여 있으니
나는 아픈 데가 많아서 사물을 있는 그대로 볼 수
가 없다

눈물은 이미 다 쏟아버려
모래밭이 된 지 오래
그대 눈물 흘러온다면 스며 사라지겠지

그대는 목숨을 걸었는데 나는
손가락 하나 걸지 못하였다
후회도 할 수 없다

그러나 어디 전봇대처럼 선명한 사상이 있으랴
낙타가 자기 발을 보고 문득 낙타임을 깨닫듯이

기도하려고 했을 때 손이 없음을 깨닫듯이
내가 나를 사물로 세워놓고 바라본다

좀 더 있으면 가을이 끝날 것이다 그때 나도
고독에 대하여 몇 마디 할 수 있으리라
호숫가로 나아가 트럼펫을 불며
물결 위로 띄워 보낸 날에 대하여
어쩌면 서러움에 대하여 몇 줄의 악보를 그으리라

분하고 원통한 것이 많아 다리는 휘어지고
그리운 것들 아우성대니
흔들리며 걸을 수밖에 없다

흔들리며 흔들리며 나는
사물을 흔들며 걸을 수밖에 없는 시인이다

파닥거리는 슬픔

눈물은 한때 우리가 바다에 살았다는 흔적

소금과 생애가 만나 짭짤해질 무렵

어깨의 해안에 밀려와 출렁이는 파도

슬픔은 초승달 주기로 찾아와 부서지지

등에 부서지며 가파른 벼랑을 만들고

다음 생이 기어오를 만한 낭떠러지를 만들고

튕겨 오른 물방울이 눈썹의 숲을 적시지

슬플 때만 둥글어지는 해안을 지나

날개를 접는 새처럼 파닥파닥

손등에 와서야 안심하는 밀물의 쓸쓸

움켜쥔 생애를 놓으며 말라가면 거기

하얗게 부서진 소금 가루 더 이상

야위지 않아도 되는 체온 식어가지

묵

　이것은 진짜 묵이야 우리 엄마가 뒷산에 가서 도
토리 주워다가 직접 만든 거야 한입 가득 묵을 우물
거린다 찰찰거리는 모양하며 젓가락에 잡힐락 말락
손가락으로 간신히 집어 입으로 가져가며 이거 보라
고 식당에서 사 먹는 거는 다 가짜여 가짜

　진짜를 먹으며 가짜를 생각한다 가짜 묵은 어디
서부터 가짜가 되었을까 가짜 묵은 몸속으로 들어
와 나를 가짜로 만드는 것일까 내가 만지는 아내는
진짜일까 아내는 진짜 아내이고 아내는 진짜 나의
아내일까 나의 아들은 나는 그리고 너는 진짜인가

　가짜를 먹으며 진짜를 생각한다 가짜 묵에 섞인
밀가루는 묵을 숙주로 하여 신분을 세탁하고 위장
취업을 한 후 우리 몸에 침투하는 전략을 어느 가짜
로부터 배운 걸까 가짜 묵 가짜 식당 가짜 섹스 가짜
보수 가짜 웃음 가짜 짜가 가짜 가짜 진짜 가짜 가
짜 진짜 진짜 가짜 진짜 진짜 가짜

진짜 내 가짜 혓바닥이 진짜 묵을 가짜 젓가락으
로 진짜 집어 가짜 입으로 진짜 가져간다

묵을 처먹는다

마침표

　시장통 끝에 액자 가게가 있다
　이혼한 딸 떡볶이집 개업 선물을 사기 위해 할머
니가 그림을 보고 있다

　호랑이 두 마리가 그려진 그림과
　호랑이 한 마리가 그려진 작품을 비교하시는 중

　사고자 하는 그림은 호랑이 두 마리가 그려진 그
림이었는데
　매겨진 가격표를 보니
　호랑이 한 마리가 호랑이 두 마리보다 비싸다

　고개를 기울이며 할머니가 묻는다
　이게 어떻게 된 거여

　지나던 사람들도 수군대며 다가섰다
　화가가 대답한다
　이건 한 마리지만 좀 큰 놈입니다

할머니는 고개를 끄덕인다
그려 좀 크구만 그랴

사람들이 흩어지고
할머니의 말이 거리를 평화롭게 하였다

바람과 바람

독재가 끝나고 민주화의 바람이 불기 시작할 무렵
인 1988년 바라다의 명사형을 바램에서 바람으로
바꾼다는 표준어 규정이 개정된 이후 한동안 나는
바램을 바람으로 쓰기 어려웠다 바램이 바람에 날아
가 버릴 것 같았기 때문이다 바람보다 바램이 더 간
절한 소망을 담고 있는 것 같기도 했다 그런데 어느
순간 세상의 모든 바램은 바람과 같은 것이 아닐까
하는 생각이 들었다 우리의 바램은 아무것도 이루
어지지 않았기 때문이다 우리의 바램은 모두 바람이
되고 말았다 누구의 가슴을 두들기며 통곡할 수도
없다는 것이 더 어이없었지만 바램이 바람이 되어버
렸다는 사실은 너무나 분명했다 그리고 나는 바램을
바람으로 쓰는 게 맞다고 인정했다 더 괴롭고 슬픈
사실은 그렇게 내 생각이 바뀌는 것이 어느 순간 느
닷없이 닥쳐온다는 것이었다 생의 오후처럼

가운데

차를 타고 옥천군 청산면 장연을 지난다
이곳이 한반도의 가운데야, 라고 김성원 씨가 말
한다
말하면서 그는 기분이 좋다
어느 한 장소가 무엇인가의 가운데라는 걸
본인만 알고 있다는 사실이 그는 유쾌하다
함께 타고 있던 네 사람이 모두 그러냐며 감탄한다
가운데는 중앙이나 중심이라고도 한다
중심을 중시하고 중앙을 좋아한다

델피 신전에 세계의 배꼽이 봉인되어 있다거나
페루의 옛 잉카족이 자신의 땅을 세계의 중심이
라고 말했다거나
지금 사하라 사막의 베르베르족이
스스로 사는 곳을 세상의 중심이라고 외치는 것
그것이 모두 가운데가 퍼트린 주술이다

나라 이름이 가운데인 경우도 있는데 바로 중국

이다
　자기가 가운데라는 것이다 전 국민이 가운데에 살
고 있는 것이다
　가운데의 가운데가 모여 새로운 가운데를 만들어
낸다
　무언가의 가운데가 되고 싶은 그리움이 모여
　장연이 태어났다

　장연을 지나면서 몸의 가운데가 가렵다
　가운데가 그립다는 것
　아, 가운데 가운데 가운데
　가운데로 가고 싶다
　누군가의 가운데가 나의 가운데를 부르고 있다

　가운데가 가운데를 그리워하여 장연의 꽃이 핀다

별은

별은
우리가 바라볼 때만 빛난다

골목에 세워진 아픈 불을 다 끄고
고개 들어 긴 숨을 내쉴 때

별은
깜빡이며 우릴 쳐다본다

흐느끼는 너를 가슴에 품고 있어야 한다는 것

캄캄하게 흐르다가
흐르면서 쓸쓸해지다가

가장 낮은 바닥에 누워 눈을 떴을 때
거기
가장 뜨거운 별들이 눈썹 위로 쏟아진다

2부

나는 파업이 그립습니다

기차 소리

쉬는 시간 의자에 기대 잠시 눈을 붙인다
멀리서 기차 소리가 들려온다
처그덕—처그덕—처그덕
이상하다
기차 소리가 여기까지 밀려왔었나
아!
소리는 등사실에서 들려오고 있었다
내일 보충 수업을 위해 맡긴
시詩 단원 유인물 프린트 소리
기사 아저씨가 열심히 등사기를 돌리고 있었던 모
양이다

등사기는 시를 태우고 어디로 달려가려는 것일까
교실 창문을 차창으로 만들며 꾸벅꾸벅 조는 승
객들을 태우고
처그덕 처그덕 처그덕

열차가 교실 벽을 뚫고 달려오는

여름 한낮

대화

김 선생 이거 이렇게 했다고 보고해야지
안 한 걸 뭘 했다고 보고해요
그렇다고 안 했다고 하면 돼야
안 했잖아요
이잉 그래도 하라는 건데
그럼 하지 그랬어요
하기가 힘들지
그럼 하기 힘들어서 안 했다고 해야죠
그래두 이런 거 다 하라는 거여
그거 강제로 하라는 거 아니잖아요 협조 요청이지
에이 누가 그걸 강제로 하라구 햐 뭔 말을 그렇게
햐 그래
그럼 하세요 거짓말 공문 만들지 말구
맞는 얘긴데 현실이 안 그렇지

혹시

며칠째 신발장에 운동화가 버려져 있다
주인을 찾아도 나타나지 않는다
내 발에 맞기만 한다면 갖고 싶을 만큼 아직 새것
일찌감치 무소유를 깨달은 아이들은 언제부터인지
물건에 집착하지 않는다

혹시 부처님인가

남의 물건을 탐내지 않는다
필요하면 눈에 띄는 대로 가져다 쓰고 버린다
그냥 아무거나 공용이다
쉽게 쓰고 쉽게 버리고 쉽게 잊는다 이런!
공용주의자인가

혹시 빨갱이인가

아무에게나 욕을 하고
교과서도 없다

자고 싶으면 자고 가고 싶으면 가고
학교 오고 집에 가는 일이 거침없는
놀라운 대 자유
위아래도 없고 좌우도 없음을 일찍 깨우쳤다

혹시 아나키스트인가

일찍이 교과서에 더 배울 게 없음을 알아버리신
분들
공부하기 싫으면 학교를 떠나라 해도
끈질기게 학교에 와서 저항한다
교사에게
성실한 친구들에게
성실한 체체 수호자들에게도 한 방을 날린다
아 씨발 존나 짜증 나

혹시 혁명가인가

독수리 학교

복도 저 끝
아이들 셋이 나란히 무릎 꿇고 앉아 있는 모습은
우리 교육의 한 상징과 맞닥뜨린 것 같아
잠시 발을 멈추게 된다
어둠 컴컴한 복도 끝 창을 통해 들어온
햇빛 때문에 그 실루엣이 선명해지는 순간은
더더욱 난감하다
두 팔을 무릎 위에 얹었다가 때로는
어깨 힘을 뺀 채 고개를 떨구기도 하고,
아, 그때 과장스럽게 튀어나온 어깻죽지는
꼭 독수리의 접힌 날개 같기도 하다
아예 허리를 구부러뜨려
이마를 땅에 박아버리는 경우도 있다
흙더미처럼 고요한 저 수행자
아이는 어른의 거울이라는데
내가 해야 할 참회의 자세를 저 아이에게 맡겨놓
은 채
교과서를 들고 나는 지나간다

아이와 나 사이에 흐르는 침묵의 간격을 건너
천천히 건너 교실로 간다
독수리 바글거리는 숲으로 간다

투投

투명 속에 암혹의 운명을 던지듯이
유리창을 향하여 정확하게 주먹을 던진 아이
거기 적의 배후가 숨어 있기라도 했던 걸까
유리는 발악하듯 창밖의 화단을 찢고
축포처럼 달려온 빛이 사방으로 퍼져갔다
은신처에서 튀어나온 외마디가 교실을 메우고
투명에서 붉은 강이 솟아나 손등을 어루만졌다
강은 비명에 닿아도 멈추지 않는 것
당황한 의자들이 놀라 넘어지고
수업 종소리가 마지막 파편을 날려보낸 후
파단선이 아직 뼛속까지 닿기 전
현장에 가장 먼저 도착한 것은
상황을 정확히 파악하여 보고하라는 공문
아이가 내버린 주먹을 되받아 올 때
예리가 더 깊게 살 속을 파고들었지만
깨워줄 엄마가 없어 늦었을 뿐이라는 말을 받아
들고
교사는 벽처럼 서 있었다

어떻게 더 투명해지라는 거냐고
유리가 빛을 움켜쥐며 바닥에 뛰어내릴 때
벽은 더 두터워지며 땅에 닿는다
외마디가 배후의 첫 페이지를 열고 낭독을 시작했다

망초

어느 날 문득 창을 열면

논둑 가득 망초가 피어 있다

나도 모르는 사이에

어느 날 문득 창을 열면

시든 망초가 천천히 스러져 간다

나도 모르는 사이에

그대 그렇게 왔다 가는가

햇살 맑은 기억 지워가며

그대 그렇게 돌아가는가

그대 모르는 사이에

나 이렇게 스산히 저물어가듯

트와일라잇

너 나를 죽일 거지 응 네 이빨에 죽고 싶어 가장 날카로운 이빨로 내 목을 찔러 줘 구름은 죽음에 관한 이야기 죽음에서 서로를 꺼내는 것 삶에서 죽음을 꺼내는 것 죽어야 사는 것 구름은 실제가 아니고 환상 있을 수 없는 일이지 일어나서는 안 되는 일이고 벌어지지 않아야 하는 일 그러나 시작될 수밖에 없고 멈출 수 없는 이야기 이곳이 저곳과 섞이고 저곳이 이곳을 가로지르고 어제와 내일이 엉키어 내가 너에게 네가 나에게 혼란인 것 너를 만나는 그 순간을 영원 속에 감추는 것 감추어지지 않는 것 작별의 밤에도 우리 서로 곁에 누워 별빛을 가리는 것 눕는 곳이 모두 구름 공간이 휘어지도록 춤을 추는 것 몸에 숨어 있던 춤이 나와 몸의 정부를 바꾸는 것 무언가 죽고 무언가 다시 태어나는 것 태어나면서 붉게 터지는 약속 피가 더 필요해 네가 나를 죽일 걸 알아 그래서 네 곁으로 빨려 들어가 숨이 멈추는 것 이것은 게임 정해진 시간과 장소가 있지 구름의 비밀을 들춰보고 가장 무서운 밤을 기다리지 가장 아

름다운 밤이 가장 무서운 밤 뒤에 있으니까 네가 나
를 죽인 다음에 나도 너를 죽일 거니까 그것이 네가
내 목숨을 구한 이유 그것이 내가 너를 바라보는 이
유

엘리제를 위하여

큰길이 들어서기 전까지
이곳은 여러 모퉁이들이 살던 곳
한쪽 모퉁이가 저쪽 권력을 향하여 햇살을 던지면
햇살을 피해 손수레가
허리 꺾인 노파를 싣고 가던 곳

모퉁이가 구석을 데리고 살며
그런대로 잘 보살피던 곳이기도 했다
모퉁이는 구석의 무릎과 같은 것 언제든지
굴복할 준비가 되어 있었다

고관절이 아파 기우뚱하던 가로등이
전향을 하지 않기로 했지만 끝내
포클레인에 쓰러져 폐기된 자리가 저쪽

청소차가 지나가며 뿌려주는 엘리제를 위하여
　소리에 모퉁이와 구석 사이가 물속처럼 투명해지
던 곳

물론 모퉁이와 가장 가까운 자는
구석에서 쓸쓸을 연주하던 귀뚜라미스트였다

이제 다 지난 이야기가 되었지만
모퉁이를 돌면서 나의 어깨가 깎인 덕분에
나는 이후 어떤 좁은 골목도 용케 지날 수 있었다
기꺼이 나의 구석이 되어 주겠다는
별 모양의 벌레를 만나기도 했다 그것조차
이제 모두 쇠락의 길로 들어섰지만

모퉁이가 찍힌 사진을 들고 나는
새로운 인화지를 구하러 가야겠다
일가의 모퉁이 끝에 모여
이 도시에 더 이상 구석은 없다는 온건파들에게
다른 해석을 요구해야 할 것 같다
차세대 벌레들이 구석에 몰려드는 현장을 목격했
기 때문이다

숲

어제는 이기려고 애썼습니다
초등학교 교감을 만나
단체협상은 지키지 않으면 안 되는 것이라고
힘을 주어 말하였습니다
그는 지키도록 하겠다고 하면서도
지키기 어려운 상황을 되풀이하여 설명하였습니다
지금까지 지켜지지 않은 그 협약은
앞으로도 지켜지기 어려울 것 같았습니다

숲으로 오르다 제비꽃을 보았습니다
그 옆에는 조팝꽃이 한창이었습니다
조팝꽃은 제비꽃을 이기기 위하여
피어나는 것 같지는 않았습니다
제비꽃 역시 마찬가지였습니다

그랬으면 좋겠습니다
이기려고 하지 말고 그냥 피어 있는 것으로
아름다웠으면 좋겠습니다

내려오면서 다시 이기고 싶어졌습니다
나는 편견의 소유자
한쪽 편밖에 들 줄 모르는 나의 경직성을 염려하여
이 사회는 노동조합법을 만들고
그 법에 따라 노사 협상을 해서 서로 도장을 찍은
다음
이제 서로 투쟁의 방법으로가 아니라
문서에 쓰여진 약속대로 하자고 했는데
지키기 어려운 상황을 자꾸 설명하는 저 교감을
향하여

나는 나의 편견을 버리지 못할 것 같습니다
나는 파업이 그립습니다

허공, 근육을 만드는

남자가 정자의 동쪽에 앉아 있었다 홀로였다
등이 주민증처럼 휘었다
느티나무 잎 하나가 신화의 속도로 땅에 이를 무렵
한 여자가 정자의 서쪽에 와서 앉았다
몇 도쯤 기울어진 시선으로 구절초를 보는 듯했다

남자가 홀로 있을 때 등은 다만 휘어진 주민등록증
곡선은 아무것도 주장하지 않았다
다만 여자가 등을 맞대는 순간
서서히 허공이 끼어들었다
어느 쪽에서 먼저 근육이 자라기 시작했는지 모
른다
등과 등을 이으며 근육이 뒤틀리기 시작했다

남자가 홀로 남자였을 때 그는 등을 강조하지 않
았다
여자가 와서 반대 방향을 보고 앉는 순간
남자가 허공을 향하여 등을 꺼내 보이고

여자는 자기 등을 가지고 와서 거기 앉은 거였다

허공이 두 개의 등을 끌어당겨 근육을 만들어내
고 있었다
문제는 허공이 왜 나에게 근육을 보여주었는지
알 수 없었다는 것

내가 근육을 바라보며 참을 수 없이 의아해하고
있을 때
여자가 일어섰다 근육이 파열되기 직전이었다
느티나무 손이 움켜쥔 잎사귀를 모두 놓았을 무
렵이었나보다

허공의 기록자로서 묻는다
도대체 내가 무엇을 보았는지 그 근육이 어디로
사라졌는지
주민등록증과 구절초 사이에 팽팽하던 근육이 무
엇을 비틀었는지

왜 팽팽하게 나의 등을 당기는지

흔들

아니야
네가 나를 흔든 거야

아니 나는 너를 흔들지 않았어
네가 흔들리고 싶어하는 거 같아서 너를 지나가
준 거야

아니야
네가 나를 흔들고 싶어하는 거 같아서
네가 지나갈 때 흔들려준 것일 뿐

그래
나는 흔들리고 싶었어
그래서 너를 간절히 바라보았지

그래
나는 너를 흔들고 싶었어
그래서 내 몸을 해체하고 너를 향해 쓰러졌지

아니야 아니야
그래그래

지고 싶어 꽃이
바람을 부른다

내부를 들키고 싶어
바람이 꽃을 흔든다

구인사 동굴

가파른 곳이 몇 군데 있긴 하지만

구인사 가는 길은 험하지 않다

다만 일주문을 댓 걸음 남겨놓고

모퉁이를 돌기 전에 만나는 동굴이 좀 위험하다

사람 하나 허리 굽혀 들어갈 만한 크기의

동굴에서 늘 찬바람이 불어온다

처음 그 동굴을 들여다보았을 때

컹컹

내 목을 자를 듯 등뼈를 더듬고 가는 구렁이가 서
늘했는데

어디서 오는 길입니까

어두운 소리가 허리를 끌어당긴다

겨드랑이 털이 다 뽑힌 채 빠져나온 뒤로

등에 동굴이 하나 생기고 말았다

마음이 동굴 속처럼 컴컴해지는 날

구인사에 가려 하지만

동굴에 빠지고 만다

들어가서는 안 될 것 같은

들어가야만 할 것 같은 그 동굴이

크엉크엉

내 어깨를 두드린다

구인사를 코앞에 두고

누군가 내 등에 뚫린 동굴을 들여다보고 있다

어디로 가는 중입니까

즐거운 구술자

회장님 가족이 오십니다
일하는 분들은 모두 건물 지하로 모여주시기 바랍
니다

삼성 에버랜드에서 일할 때 얘기지
빗자루를 챙겨 옷에 묻은 먼지를 털며 지하로 들
어서니
인력들이 옹기종기 모여 웅성거리더군
회장님 가족이 지나가는데
지저분한 사람들 보이면 안 된다나 어떤다나
그런데 그게 무슨 상관이야 덕분에 쉬면 그게 좋
은 거지
한 뼘이나 되었을까 반지하 창문 틈새로 보이더군
으런하구 애덜하구 대여섯이 지나가고 있던데 그
런데
참 못생겼더라구 그렇게 못생긴 애덜이 있을까 싶게
정말 못생겼데 울퉁불퉁 그래서
아 돈이 많아도 저렇게 못생긴 거구나 생각했지

회장님 가족이 모두 지나가셨습니다
나와서 일을 계속하기 바랍니다

구술자는 예쁜 얼굴이었다
인력이 인류가 되는 시간

3부

무정부역을 지나
소외 누추 평강을 지나

은둔행 열차

은둔행 열차가 곧 도착합니다 승객 여러분께서는
관계로부터 한 발짝 물러서 주시기 바랍니다
이번 열차는 1278호 열차입니다
다시 한번 고립으로 가는 표인지 확인하시기 바
랍니다
우포행 열차를 타시려는 분은 3번 홈으로 가시기
바랍니다
선로 옆은 위험하오니 승객 여러분께서는
상처에서 한 발짝 물러서 주시기 바랍니다

승객을 전송하고자 하는 고객께서는
승차하실 수 없으며 필요한 경우 승차권을 구입하
시기 바랍니다

승객 여러분 안녕하십니까
본 열차는 무정부역을 지나 소외 누추 평강을 지나
처연 그리고 고립으로 가는 열차입니다

열차를 잘 못 타신 고객께서는 차에서 내려
다른 열차를 이용하시기 바랍니다
열차가 출발합니다
고립까지는 약 아득의 시간이 소요될 예정입니다
가시는 곳까지 묵언의 시간 되십시오

'살구'라고

나는 [살구]라는 소리를 만들지 않았고
살구라는 문자를 만들지도 않았고
살구를 만든 건 더더구나 아니니
내가 설령 살구라는 제목의 시를 썼다 한들
시의 저작권이 나에게 있을까

나는 다만 해 질 녘
푸른 잎사귀에 반쯤 가려진 살구를 바라보다가
짐짓 다가서며 코를 디민 것

썩은 거름 속에서 살구나무가 꺼낸
살결의 앙큼을 어찌 내가 만들 수 있을까
살구나무가 바람과 햇살을 섞어 새겨 넣은
살내의 상큼을 내가 어찌 만들 수 있을까

다만 살구를 코에 대는 순간
애인의 살결과 살내를 떠올렸을 뿐
현상의 살구와 언어의 살구 사이에 가로놓인 거

리가
　몇 뼘인지 나는 헤아릴 수 없다
　시니피에와 시니피앙 사이에
　나의 저작권을 밀어넣을 수가 없다

　운명의 둥근 젖에 코를 대고
　"살구!"
　라고 맨 처음 발음했던 한 영혼을 어찌 나라고 할
수 있을까

야경 夜景

　낮 동안 쉬지 않고 이야기했는데도 상처가 아물지 않아 성냥불을 긋는다 성냥불 천 개가 모여 한마을이 이루어지고 마을을 껴안기 위하여 산은 어둠을 풀어놓는다 이제 바람이 잠들 차례 상처마다 꽃잎을 발라주어야 하므로 먼 섬에서 온 하얀 소금을 조금 얹어 붕대를 감는다 낮에 있던 일들은 낮에만 살아 있단다 불안을 덜어내며 골목이 낮아진다 밤이 깊을수록 핏줄이 굵어지는 가로등 긴 숨을 몰아쉬어도 잠이 오지 않는다 가슴에 꽃씨를 품은 짐승들은 돌아갈 시간을 찾기 위해 푸른 하수구에 머리를 디밀고 말한다 쉽게 무너지지 않을 거야 내려오던 별들이 더운 입김에 녹아내린다 이야기 사이를 가로질러 마을이 하나씩 생겨나고 사라지고

민들레

민들레가 마치 민들레처럼 피어 있다
마치 민들레라도 되는 양
스스로 오래전부터 민들레였다는 듯

민들레가 지고 있다
한 번도 민들레가 아니었던 적이 없던
민들레 지면서 민들레다
한반도 남쪽으로부터

다시 민들레 목둘레에
바람 흔들고 있다
다 흔들고 나서 다시 민들레로 돌아간다

들길이 끝나고
산길이 비롯될 무렵
해가 지려고 조금씩 몸을 붉힐 무렵이었다

끈

삶이 쓸쓸한 시절에 한 번씩 짐을 정리한다

아직은 버릴 수 없는 것들과
이제는 버려야 할 것들을 나누게 되는데
계속 살아남는 것은 빈 봉투들이다
그리고 저 노끈들

한때는 내 손끝에서 흘러나가
이웃집 담장을 넘고
잠든 여인의 가랑이 사이로 흘러들더니
한때는 내 눈 속에 들어와 깊은 병이 되더니
어느 봄날 희미한 삶에 밑줄을 그으며 붉어지더니
책을 묶고, 옷을 묶고, 쓸쓸함을 묶고

그러고는 내 시신을 묶어 빈 봉투에 넣어야 할
잘 묶이지 않는 내 입을 향하여 천천히 흘러내리는
노끈의 시간

겨드랑이가 쓸쓸한 시절에 한 번씩 끈이 꿈틀거
린다

강물에 발을 적시다

발을 담그면
강물은 내 발목을 잘라 나를 쉬게 하였다
사실 난 강물이 나에게 말해준 것
외에는 아무것도 말할 수 없다
토론 중에 내가 때로 침묵하는 것은
바로 여울물 소리 때문이다
세상에 누가 물이 말라버린
강바닥에 대고 희망을 외칠 수 있단 말인가
망명이 습관이 된 철새들에게 이론은
강물에 떠다니는 낡은 스티로폼 같은 것
한 모금의 생명을 떠가기 위하여
무릎 꿇는 저 흰머리 버드나무를 보아라
날이 저물어 어둠이 나를 몽땅 잡아먹기 전에
나는 서둘러 나의 발을 꺼내어
이 강을 떠나야 한다
어둠이 물을 거슬러 오르고 강이 자꾸 나를 부
른다

쥐똥

자고 나면 머리맡에 쥐똥이 쌓여 있었네
쥐똥처럼 작고 딱딱한 그러나 가지런한
목숨들이 일어나 하루를 시작했네
나는 쥐똥을 사랑하였네 사랑할 것은 쥐똥밖에
없었네 밤새도록 머리 위에서 내 꿈을 휘젓고
아침이면 부뚜막 쥐구멍에서 쥐똥 같은 눈이
반짝이며 내 삶을 빛내 주었네 천정을
질러가는 쥐 발자국 소리처럼 젊은 날은
몰래몰래 흩어지고 쥐똥은 내게서 점점
멀어져 갔네 쥐똥도 잃어버리고 머리 위로
쥐가 다니지도 않는 아파트에 살게 되었네
따사로운 햇살이 비치는 화단가에 앉게 되었네
쥐똥나무 열매가 나를 보고 있었네
나의 똥은 나의 열매였던가
쥐똥이 내 인생을 열심히 사랑하였으므로
나는 쥐똥을 벗어날 수 없었네 내 몸
흩어져 세상의 머리맡에 쌓일 날 머지않았네

처음처럼

추사 이후 새로운 붓 신영복 교수가
처음처럼이라고 썼을 때
처음처럼 살지 못하는 나무들이 멈칫했다
갈필의 온건이 좌파를 다독거리며
벽에 걸린 글씨가 벽을 부술 듯 격렬했던 순간

소주가 빠져나간 자리에 휘발유를 채우고
꽃을 심어 던지던 적의의 날들이 있었다
독재의 벙커를 향해 던졌으나
꽃은 허공에서 터지고 낮달만 까맣게 그을렸던가

처음의 맹세는 맑고 투명했으며
사소한 것은 아무것도 없었다
그러나 오늘 닭발을 뒤적이며 뒤척이는 날
포장의 벙커에 스스로를 가둔 최루의 원탁
꽃은 찢어지고 병뚜껑은 닫힌 지 이미 오래다

참이슬*에 젖은 풀잎들이 저쪽

몇 그루의 사람은 굳이 처음처럼**을 달라 했고 주름진
　　강경의 손으로 우이牛耳***의 서체를 감아쥐며 병 뚜껑을 돌린다

　　나무에 무슨 꽃이 피려는 걸까 달빛은
　　모반도 계엄령도 비추지 않는데
　　처음처럼 투명한 액체는 휘발유가 아니다
　　등 뒤로 더불어 숲이 흔들리는 밤

* 소주 이름

** 소주 이름. 글씨를 신영복 교수가 썼다.

*** 신영복 교수의 호

입술

아무에게도 의미가 되지 않는 채 견딜 수 있는
시간이 몇 초일까 걸어서 걸어서 닿았던 타자들

내가 너의 발에 입술을 댄 것은 거기가
나의 통점이기 때문이다 몸의 무게가 쌓인 자리
지나온 길을 쓸어 담느라 갈라진 뒤꿈치에
내 감각의 첨예를 치대야 하는 것이다

비록 언어의 근육들로 딱딱해진 혀를 감추긴 했
지만
소외의 냄새를 모아 놓은 하층에 입술을 대고
혀에게 좀 다른 소식을 전해야 하지 않겠는가

무릎 꿇어 너의 바닥에 경배해야 한다 나는
혀에 묻은 암담을 털어내기에 이보다 좋은 이벤트
는 없지
순방이 되어버린 순례를 전향시키기 위해서라도
환호가 되어버린 비명을 환기시키기 위해서라도

내 입이 내 발에 닿지 못했으므로 너를 빌려
길의 흔적을 읽는다 발가락 사이에 스며든
하강의 기록들을 가만히 보여다오 빈자여

나보다 오래 서 있던 뒷골목이여
생애를 끌고 다니며 지친 한탄을 담아온 그릇

너의 위치를 꼼꼼히 알려주는 각질의 지도와 산
맥에
잠시 머무른다 몸의 맨 아래 거기 나의 상부
길은 많고 보폭은 아직 몇 겹이 남아 있다

비석의 출구

지킬 것 없는 마을 입구에 세워져 있다

유목의 보폭으로 걸으며 일일이 응대해주기는 싫었
지만
나를 가로막는 저 돌의 완고함을 잠시 들여다본다

이미 빈집들만 산다 하는데
비석만 남아 암석을 쥐고 단단해지는 고집이라니

통행증을 요구하듯 위엄을 보이려 하고
사각의 권력은 직선으로 뻗었지만
문장에는 오류가 있었고 변방의 글씨들이
대개 그렇듯 과욕이 획을 지치게 하고 있었다

아마 문文을 만든 자와 필筆을 다룬 자가 달랐으리라
주어를 놓치지 않으려 머리를 조아린 채 종종거리다
보니
서술어는 자신이 비문 밖으로 나가는 줄도 모른다

하긴 어느 시인이 마을에 관여하고 싶으랴 음각의 시간을
  파낸 석공도 피로한 망치를 베고 서둘러 잠들었으리라

  돌을 세우던 근육들은 허기를 찾아 떠나고
  골목길 대문은 기울었으나 담 넘어
  허황은 아직 다 허물어지지 않았다

  유랑의 힘을 모아 뒷산에 성을 쌓고
  정착을 다스린 날들이 있었겠지만
  지금은 산둥반도의 돌들이 서해를 건너오는 탈주의 시대

  어떤 유목이 다시 이진법의 원성들을 이끌고 이번에는
  하나씩 마을을 떠날 때 거기 누가 문장의 오류를

수정하기 위해 마차를 세웠겠는가 가첨석 아래
근대의 거미가 짐짓, 형용사를 가리고 있다

탄환의 길

한 무리의 군화 소리가 계곡으로 몰려간 뒤
티―앙
사격 중이다
마을을 휘저으며 뒤따라오는 소리들
휘―옥 쑤와욱 수와우 수와우
탄환이 둥근 어둠을 헤집고 나오는 순간의 화약내와
허공의 옆구리를 찢고 옆자리 허공의 이마를 밀어내
는 마찰음
계곡의 등짝을 흔들었다 놔주는 소리
골짜기 구석구석 들렀다 오는
총소리의 여운
마을이 잠시 쓰던 일기를 멈춘다
천을 덮듯 펄렁거리듯 퍼져가는 소리
쏴아― 쏴아―
양수리 뒷산 나뭇잎을 핥고 가며
사슴벌레의 살갗과 고라니의 귓속에 파열음을 기록
하며
철컥

수갑 채우듯 창문을 흔들어 귀를 의심하고
다음엔 심장에 닿을지 모르는 소리
모르는 것들은 둥글게 달려오지 모서리를 감추고
입술이 문드러질 때까지
총알이 뚫고 간 것들은 모두 심장이라는 것도 감
추고
누추한 가구의 얼룩까지 만져주고 간다
간다
가면서 뒤돌아보지 않는다 탄환처럼

천천히 마을을 덮었던 천이 걷히고
멈추었던 마을이 일기를 쓴다

신발의 계단

　없는 계단을 밟아 도시로 간 신발들이 모래 섞인 시
멘트 바닥을 핥는다
　혓바닥이 된 발바닥
　선반실에서 흘러나온 검은 기름의 바닥 끈적이는
　도시의 냄새를 긁어모아 신발이 가득해지면 공구함
같은 집 속으로 기어든다

　독촉하는 소리에 놀라 신발에 손을 얹고 기도 중
　냄새가 가득하면 지상에 지은 집도 동굴인 것
　냄새를 사이에 두고 다짐에 다짐을 거듭하는 밤
　누가 더 많은 냄새를 모았는지 누가 더 많은 냄새를
　동굴 밖으로 밀어냈는지
　아직 계단은 튼튼하고 좌변기는 안전하다

　냄새의 정원에도 계급이 있으니
　계단은 상부를 향하거나 가운데로 가거나
　세계를 지배하고 싶은 자들의 언어엔 입 냄새가 독하지
　독한 입 냄새 앞에 입을 다물고 냄새를 기록하지

가운데가 뿜어내는 냄새는 치명적인 유혹

한번 혓바닥이 된 발바닥은 되돌릴 수 없어
냄새로부터 달아나려고 속도를 내지만 속도는 냄새
를 배반하고 더 달라붙지
계단이 지상으로 향하는지 지하로 향하는지 의문문
은 가끔 쓴다

개가 신발을 창밖으로 던진다
더 내려갈 곳이 있다는 듯 무거워지는 신발

신발에 밥을 비벼 먹는 무리들
밥알마다 오늘 들렀던 곳의 발자욱이 찍혀 있다

계단이 사라져도 신발은 남는다

망원경

이 골짜기 이빨들은 별 움직임이 없습죠 예
송곳니에 버캐가 끼인 지 오래
그동안 쌓아둔 욕망을 긁어먹느라 분주합니다요 예
한때 골짜기를 흔들던 긴 발톱들도 이제 늦가을
새로운 사상의 전위도 나타나지 않습죠 예
지금 웅성거리는 새들은 깃털이 빠졌거나
깃털에 적힌 이론들도 모두 낡았습죠 예 예
바위 아래 애벌레들이 가끔 동시를 읽을 뿐입죠
자유는 이렇게 자유로운데 평등은 평등하지 않습죠
낙엽만큼이나 많은 노선
이리저리 끼리끼리 화사해 뵙니다요 예
이 일도 이력이 붙어서 그런지
발톱을 깎거나 뿔을 매만지면서
이제 나도 노선 하나쯤 생길 것 같습니다요 헤헤
스스로 옳은 자들은 무리를 짓지 않으니
그건 우리가 관여하지 않아도 되는 것
어느 방향으로든 물어뜯는 턱뼈는 비슷해 보입니다
요 예

노화와 칭병稱病으로 스스로 위리안치圍籬安置하니
강고한 진리의 문패를 내걸고 왕 된 자들입죠
유성처럼 낯짝을 훑고 가는 증오와 무관심의 먹
이가
계곡의 정서를 편안케 합니다요 예
우리 요원들이야 거기 익숙해졌으니
낮잠에서 깨어 가끔 신호를 보냅니다요 예
오늘의 보고는 이상입니다요 예 예

4부

발은 바닥과 대화할 때
뜨거워진다

수도꼭지 교체사史

수도 연결 고리가 고장 났다 물나라에 민란이 잦아
진 것
　여기는 양수리
　합류 지점이나 휜 부분이 늘 말썽이다
　시위를 진압하려면 십 분쯤 걸어서 읍내 철물점
　철의 정부에 가야 한다
　모든 정부는 바이스처럼 완고하지

　거리엔 줄줄 새는 게 없는 사람들 줄지어 돌아다니고

　정형외과 앞에서 척추가 덜컹거리는 주민
　안경점을 바라보며 시력이 떨어지는 시민
　불교청년회 유리창 변상도는 색을 버리는 중
　내복 가게가 내 팬티를 잡아당긴다

　물건을 사이에 놓고 무자비해질 것을 각오하는 인
류가 시장을 메운다
　연통을 자르던 철의 노동자가 일어서며 우드득 어

깨 관절을 편다
　형용사처럼 흩어지는 비둘기
　녹슬지 않는 엘이디 전광판이 분수를 뿜어낸다

　종이를 지급하면 철을 거슬러주는 문명이 벌써 몇
세기를 지속하는 걸까

　폭로된 것은 없다
　플라이어를 조이면 물방울의 목이 가늘어질 뿐

완전범죄

선반에 얹혀 있던 건빵을 엄마 몰래 먹었다
알고도 눈감아 주었을 거라는 의견이 있기는 하지만
어쨌든 어쨌든이다
들키지 않았다

국민학교 뒤 가게에서 알사탕을 훔쳤다
사탕보다 빛나던 여주인의 눈빛은 지금도 선명하지만
나는 완전범죄의 가능성을 확인했다

이 정도 얘기를 하는 데도 사십 년이 걸렸다
어쨌든 난 들키지 않았다

그리고 고백하기 싫은 숱한 음흉들
목숨 걸어 세계를 훔치지 못하고
겨우 손가락 몇 개 움직여 감춘 언어들
그래서 더 쪽팔린 짓거리들
죽을 때가 다 되어서야 겨우 말할 수 있을까
아니 그냥 끌어안고 가야지

애인의 부푼 가슴을 안듯이

그러나
시에게 들키고 있다는 걸 나중에 알았다
시는 비밀의 안쪽에 웅크리고 있었으니까
안쪽에 있는 열쇠였으니까

수혈

피가 부족한 자들의 얼굴은 뻔하다
사슴 피를 먹으러 갔네
사슴 눈처럼 반짝이는 내를 건너 농장에 가는 건
천하의 즐거움
사슴뿔을 자르는 시간은 오전 열 시
가장 좋은 피가 솟구치는 시간이지
피로 물들지 않은 산천이 어디 있겠나
혈안 혈색 혈통 혈서
모두 부유한 혈족의 언어들이지
그리고 열혈 청년의 날들이 있지

사슴을 지키는 철망이 푸른색이어서 좋았네
철망과 절망 사이를 지키는 사방연속무늬
우리는 사슴의 우리 속으로 들어가며
짐짓 경계의 화엄을 생각했네
초식과 잡식의 진화 사이에 놓인 경계
뿔을 갖지 못한 종들의 열망
더 높은 관을 갖기 위해 우리가 다가가자

사슴은 운명의 뿔을 더 붉게 물들였네

환호의 피는 뿔에서 나온다네
피의 축제에 초대받은 사람들
뿔처럼 높고 단단한 인종이 되기 위해
뿔로 가는 피를 받아먹는다네
비린내를 덮기 위해 맑은 소주를 섞고
하늘을 우러러 뿔을 마신다네

우리 모두 뿔이 되었네
술에 살짝 취했기도 했지만 그게 무슨 상관
신발을 뚫고 두 개의 발굽이 나오네
어느 초원으로 달려가서 어금니 가득 풀을 씹어야
겠네

인연

동백이 질 무렵
영산홍이 피어나고 있더군
동백이 피어나며
아직 피지 않는 영산홍을 사모한 것은 아니겠지
지금 나 이렇게 뜨거운데 당신 왜 모르시는가
그렇게 가슴 치며 피고 지는 건 아니겠지
떨어지는 동백꽃 보며
왜 좀 더 기다리지 못하셨나요
영산홍이 원망하지 않듯이

그저 동백은 동백으로 피었다 지고
연산은 그냥 연산으로 피었다 지는데

동백꽃 떨어지고 영산홍 필 무렵
급식소에서 교무실까지
꽃이 피고 지는 속도로 걷고 싶은
은유의
거리

화단 옆을 지날 때마다 마음 어지러웠다

어긋한 우리의 인연

그 밤에 관한 기록

어두워지자 벽들이 솟아오르기 시작했다

벽은 너의 심장이 남긴 문장
단단해지느라 밤에도 서 있었다

지상의 화살들이 땅에 떨어지고
깨진 유리의 예리가 붉은 가슴을 찌르지 않는 밤

오래 생각해서 오류에 도착한 인류가 몇 명
벽의 그림자를 지우고 있다

외로운 것들은 지칠 줄 모르게 가파르다
벽에 둘러싸인 밤이 깊어져 환란을 보살핀다

벽을 지키느라 더 두터워지는 국경
밤이 검은 풀을 더듬어 꽃을 닫는다

칼날이 화살 쪽으로 등을 돌린다

그쪽엔 기댈 만한 문장이 없다

신화

옛사람들은 밤하늘에 구멍이 뚫려
별이 총총 달이 방긋
구멍 너머 빛을 본다 했다지

사랑이 끝난 너의 손을 잡고
저 달 구멍을 통과해 가면
거기서 다시 사랑이 시작될 수 있다 했다지

밤하늘에 바늘을 꽂아
송송송 구멍을 뚫던 밤
너의 가슴에 무수히 바늘을 꽂으며
별빛이여
달빛이여
부르던 밤

속옷을 젖혀 반달 구멍을 내고
너의 몸을 들여다보던 밤은 짧고 비렸다

요즘 사람들은 마음에 구멍이 뚫릴 때
별이 콕콕 달이 푸슬푸슬
마음 밖으로 지나간다지

꽂아 놓은 바늘
미처 다 뽑지 못한 것이 후회스러워
가슴이 콕콕 쑤시는 밤

어느 낱말에 대한 추억

*

둔탁

이라는 낱말을 처음 만난 것은 중학교 3학년 겨울이다

진학을 하지 않고 충남방적에 입사한 계집애가 보내온 편지에

그 낱말이 끼어 있었다 아직 농경 사회 밖을 나가보지 못한 나는

둔탁

한 소리를 들어본 적이 없었기 때문에 그리고 들판에서

그 낱말을 만난 적도 없었기 때문에 마치 송곳에

이마를 찔린 듯 뜨악하게 그 낱말을 들여다보았다

그 순간은

어떤 운명 하나가 나의 운명 속으로 다가오는 순간이었던 것

날카로운 기계음이 도시의 벽과 벽을 넘어 둔탁으로 바뀌고

둔탁이 우편에 이끌려 머스마의 운명에 새겨지던
순간

기숙사의 밤과 공장 주변의 음울이 담긴 편지 속
에서
둔탁은 탈농이 주는 씁쓸한 안도의 소리를 내고
있었다

편지를 둘러싼 모든 풍경이 지워지고 내 운명 속
으로
몰아쳐 왔던 한 낱말
운명의 경계를 넘어오는 첨단이 지금도 반짝이고
있다

**

겨울이 끝나고 고등학교에 진학하면서
나 또한 유목에 합류하였지만 어떤 낱말의 접속
장면도

그렇게 날카롭게 기억되지 않는다 다만 한번 내가

목도

라는 낱말을 어느 글에 썼을 때 뜻을 물어온 대학
후배가 있었다

그 낱말의 운명과 후배의 운명이 만나는 순간이
었던 것

경계를 넘는 순간의 떨림을

목도

한 것

그에게도 송곳이 있었는지 모르지만

안경 너머 후배의 눈빛은 지금도 나의 이마에 꽂
혀 있다

일체유심조

당신이 붕어빵 장사를 시작했다고 해서 농협 앞 사거리에 갔는데 시를 생각하며 집 앞을 나서는 해 질 무렵 붕어빵은 시가 될 수 있지만 친누이의 붕어 빵은 사적 거리가 너무 가까워 시가 되기엔 간극이 좀 더 필요하다고 생각했는데 내 사유의 어두운 뒷 골목이었던 피붙이 나의 물결이었고 바람이었고 국 민학교 중퇴였던 가족의 환부 통점이었고 지표였 고 절망이었던 시절의 창문 김성장과 여섯 살 터울 의 김성희 그 현세의 촌수가 주는 인연이 당신과 나 의 존재론적 거리가 너무 가까워 사태를 객관적으로 보기 어렵다는 생각이 들었는데 죽은 붕어들이 입 을 벌리고 내장에 검은 팥을 넣고 가지런히 누워 있 는데 나는 가난이란 없으며 그것은 다 마음이 빚은 것이라는 법문을 움켜쥐고 아제아제바라아제바라 승아제 하려 했는데 아직은 겨울의 문턱 겨울을 건 너려면 눈보라가 몇 번 몰아쳐야 하고 농협 직원의 위협이 있을 것인데 농사를 지을 수 없었던 애비의 묵은 논바닥 지푸라기처럼 늘어진 머리카락 지푸라

기보다 더 푸석거리는 머리카락을 기름에 쩐 장갑의
손으로 쓸어 올릴 때 쓸쓸함은 다 마음이 짓는 것이
라고 참 쓸쓸한 생각을 했던 것인데 펄럭이는 천막
의 푸른빛이 푸르지 못할 때 시와 삶이 뒤엉켜 어지
러울 때 내가 당신 의자에 앉고 당신이 밀가루를 개
며 야 장사가 꽤 되는데 웃는 푸른 물결 너머로 환부
가 환하게 보이는데

가끔

어두운 공구실에 가서 톱을 찾습니다
라고 말하며 톱을 손에 쥡니다
느티나무에게 걸어갑니다
라고 말하며 느티나무한테 갑니다
사다리를 오릅니다
라고 말하면서 올라가 자를 만한 가지를 고릅니다
느티나무님 팔을 좀 자르겠습니다
라고 말하며 쓱삭쓱삭 톱질을 합니다
뒷산에서 뻐꾸기가 웁니다
당신의 목소리가 고우니 잘 듣겠습니다
쓱삭쓱삭 뻐꾹뻐꾹 교향시를 듣습니다
이제 내려갑니다
하고 말하니 느티나무가 나를 놓아줍니다
나무가 나를 잡으면 꼼짝없이 나무에 갇힐 텐데
나무에서 내려옵니다
김을 맵니다
물을 뿌립니다
날이 저뭅니다

기침이 나서 일찍 잠자리에 들었습니다
가끔 그렇게 황홀한 날들이 있었습니다

우물

　우물에 관해 시를 써보고 싶다는 생각을 오랫동
안 해왔지만
　산 아래 동네 사람이 들려준 짧은 이야기 하나가
기억에 남는다

　우물을 오랫동안 들여다보던 목수가 있었다
　그것이 화근이 되어 그는 밤마다 우물 속에 숨어
야 했다
　우물 속으로 내려가 허리쯤 동굴을 만들고
　그 속에 애벌레처럼 웅크린 채 날이 새기를 기다
려야 했다
　그가 우물에서 본 것은 자기 얼굴일 뿐이지만
　우물 속 비밀을 캐려 했다는 것이 혐의가 된 것이다
　물은 땅속에서 솟아 나오지만
　하늘도 거기 내려와 머물곤 했던 것
　내려가고 내려가면 울퉁불퉁 바닥이 있었다
　사람들은 물을 퍼가며 거기
　하늘과 땅도 조금씩 담아가곤 했다

우물은 스스로 깊어진 것이고
별빛 때문에 더 반짝인 것은 아닐 텐데
목수가 잘못한 게 뭐람
우물 지붕을 만들려 했다는 게 죄라는 소문도 있
었다
우물 속에서 길을 찾으려 했던 사람들이 몰려와
아침이면

목수는 등에 피 묻은 상처를 만지며 동굴을 닫아
야 했다
목수가 떠난 빈집 뼈마디 사이로 바람만 드나드는
시절
이야기는 뒤란 감나무 아래 주저앉아 노을을 바
라보고 있었다

우물 속에서 흘러나와 사람들의 입속으로 흘러
들어간 이야기였다
집의 기둥마다 곰팡이 슬고 상량문 희미해지던

시절의 이야기였다

눈부신 죽음

영숙이가 자궁암으로 죽었다는 소식을 듣는 오후
는 햇살이 이팝꽃으로 부서지던 날이었다 그녀의 엄
마는 어느 겨울밤 이웃집 재환이 아빠와 이불 속 발
가락의 힘으로 하나가 되었던 것인데 기이한 그 세
월 태어난 영숙이는 자기 아버지의 얼굴이 아니라
재환이 아빠랑 너무 닮아서 모두 들통이 나고 말았
더란다 그 겨울밤 눈이 많이 내렸다던가 말았다던
가 착한 마을은 이리 수군 저리 걱정하면서도 그렇
게 한데 어울려 살았더랬는데 경부고속도로가 나면
서 영숙이는 트럭 운전수를 따라 부천으로 가게 되
고 마을에 두엄이 자꾸 줄어들면서 세월이 흐르면
서 바람이 어지러이 불면서 이리 수군대던 진태 할
머니도 죽고 저리 걱정하던 경호 삼촌도 경운기 사
고로 죽고 그 겨울밤의 얇은 흙벽도 허물어지고 눈
도 그치고 모두 죽고 죽고 이제 영숙이의 자궁을 빠
져나온 아이들만 커서 또 누구와 사랑을 나눈다던
가 어쩐다던가 이제 또 누가 있어 발가락의 힘을 모
른다고 벽이 허물어지지 않겠는가 허물어진 세월을

건너 한 세월이 흐르고 또 어찌 죽지 않겠는가 트럭
이여 기록이여 삶의 눈부심이여

갤러리 천사

나요즘골프장살어마누라랑청소하는데골프갤러리
라구하지야그것드른돈내고드러오는데우리더른공짜
로구경하는거지일하다가마누라랑얘기하지저것들보
라고우리는공짜로드러완는데저널븐잔디랑기가매킨
조경을돈벌면서구경하다니

나술먹고잠잔지십년너머술안머그면자미아놔수
면제처방도받아반는디머리가더아프더라구쏘주한병
머그면자사홉드리피티병열개사믄한달먹지나오래못
살껴오래살이유두벨루업구

큰노믄대학나와서놀다가취지기안돼서지겁훈련소
가서선반밀링배우더니취직하더라구대학은그냥다니
는거구취직하구는아무상관두읍서

내일올라가믄저번일한회사놈덜이퇴직금을안줘
서고소를해야하는데우선마누라꺼면저고소하고나
중에내꺼해야돼이것더른그냥두면안돼너일사부재리

알지야근데너교장안하냐교장이돼가지구개혁을해야
할거아냐혼자서안되믄여러사람이힘얼모아서하믄되
자나

　다시시골로올까어쩔까우리마누라가천사지

우물

거칠고 딱딱한 바람이 지나간 저녁
당신 가슴에서 고름이 흘러나왔지요
밤마다 당신은 한 그릇의 밥을
우물에 쏟았습니다 밤하늘로 퍼지던
그 별들 풍덩 소리가 날 때마다
우리 가슴이 한 칸씩 내려앉았지요
우물을 들여다보는 게 두렵다고
꼭 빠져야 할 것만 같다고 말하는
당신의 눈 깊은 곳에 우물이 고여 있었어요
몸 대신 두레박을 내려보내며 당신은
하늘을 바라보았지요
하늘은 왜 그리 깊은 곳에서만
퍼 올릴 수 있는 걸까요
우리 앞에 놓인 한 그릇씩의 우물
두레박에 돌이 걸려 올라오곤 했지요
당신의 가슴에 가서 박히는 돌은
우물처럼 고요하였습니다 고름은
쉬지 않고 흐르고 별은 빛나지 않고

단재 사당

선언문의 마지막 문장처럼 찬비가 내리는 고두미
마을
1936년 2월 21일 그대는 죽고 2015년 2월 21일
우리는 살아 있다

그대의 겨울은 혁명이었으나 우리의 겨울은 사과
와 북어 한 마리
상고사上古史는 눈 속에 얼어 있고 사당의 어둠은
무장으로 짙다

고개를 숙이지 않던 그대를 향해 허리 구부리면
좌우로 이마를 찌르는 그대의 콧수염
단재 이전의 역사와 이후의 역사가 달라졌는데
제단은 먼지처럼 가볍고 제국의 시간은 계단마다
선명하다

맹세를 흔들던 북경의 바람은 어디를 향해 멈추었
는가

단죄의 칼은 아我와 비아非我를 갈랐던가
단재의 칼은 어느 장군의 안가에서 녹슬어 가는가

의열이 겨울 잔디 위에 스며들며 치를 떠는 시간
앞산은 망명객의 등짝처럼 멀어지며 마을을 휘
돈다

아나키스트의 자세로 서서 결사를 맺는 사당의
기둥들
신민의 나라는 팽팽한 분단인데
투쟁은 여전히 석방되지 않고 우리의 강령엔 겨울
나무만 앙상하다

발

발은 지나온 길의 곡선을 기록한다
발은 골똘히 생각을 바라본다
발은 난로 옆에 침묵을 세워둔다
발은 서사의 입구를 약간 적셔 둔다
발은 가지런하다 일이 시작될 것처럼
발은 꿈틀거린다 일이 끝난 것처럼
발은 아무것도 밟지 않는다
발은 하얗게 화엄을 건너간다
발은 허공을 걷지 않는다
발은 양말과 헤어진다
발은 숲에 담겨 있다
발은 손에게 말한다 지금이 그 순간이라고
발은 비밀이 없는 냄새를 피워낸다
발은 너의 시작이다
발은 마지막 페이지에도 찍혀 있다
발은 바닥과 대화할 때 뜨거워진다
발은 말이 시작되는 곳에 쓰러진다

마차를 위하여

말이 말을 듣지 않는 것은 어원이 다르기 때문
바퀴를 따라 이곳까지 왔다 때로는 환멸도 없이
바퀴가 가는 곳이면 어디든 가야 했다
거기 관형管形의 새들이 날고 있다 하였으므로
무릎에 삐걱 소리를 연결하며 왔다
다만 어느 역에선가 부사副詞를 놓치고 왔다는 것
돌과 바퀴가 나누는 화음을 다 필사하지 못했다
는 것
  유형도 망명도 아닌 길 천도遷都의 허황이 자욱한
길
  고개마다 다른 덜컹과 기우뚱의 간격을 벗 삼아
  언젠가 뒷걸음과 바퀴가 헤어질 것을 알고도 왔다
  바퀴는 굴대를 버리고 텅텅텅텅 도랑으로 흩어질
것이고
  아무 일 없었다는 듯이 바람은 때맞추어 먼지를
뿌려 놓을 것
  그러면 먼지를 따라 달려가는 자음의 환호
  그러나 그 모든 게 아무러면 어떤가

삶은 고삐보다 선명하고 길은 저리 휘어져 흐리니
역사를 둘러보며 구유를 찾지 않아도 경이는 경이
회전이여 멈추어도 모가 나지 않는 원순圓盾이여
잠시 말을 멈추고 지나온 세계를 뒤돌아보자
역사를 새로 건설하는 물품을 싣고 오지 못하였
구나
둥근 것을 따라 왔는데 여전히 수평에 닿는 저녁
변형된 어순을 끌고 와서 결론을 내야 하는 견갑
의 고통
고삐를 앞에 두고 바퀴를 뒤에 두고 안개 속을 걸
었는데도
여전히 우리는 일체의 화음에 둘러앉지 못하였
구나
갈림길마다 난무하는 이론에 귀 기울였으나
새벽의 화로에는 다른 선지자들이 둘러앉았다
솟대 솟은 마을에도 폐기된 논설들이 솟아올랐다
저녁을 적절한 혼돈 속으로 몰아갔던 구전 설화들
차라리 건설의 오류가 그들에게 붕괴를 주고

도치와 해체가 새로운 길을 저지르리라

불필요한 노동을 일으켜 세우리라 그리하여 깊게
잠들리라

나도 나의 피로를 곁에 뉘이리라

대로의 원근법을 익히는 일보다

해가 지기 전에 냇가에 닿는 일이 시급하다

바닥이 바퀴처럼 둥글어질 때까지

아침에 시작된 주어가 저녁에 서술어에 닿았으니

말이여 뿡뿡 입김을 뿜어대며 가자꾸나

하루 종일 지껄인 말이 모두 하나의 문장이었으니

말하는 것만이 역사로 남았구나

저녁, 외딴집

남아 있는 것이라고는 여든 노인의 때 전 머릿
수건
들판의 헤게모니가 바뀌는 시간
노인이 뒷모습을 보이자 벼가 익는다
강 쪽으로 줄지어 선 집들, 빈 것들
방의 허공은 그나마 남겨두고 떠난 사람들, 빈
것들
마을의 북쪽
떠나면서 상념이 더 길어졌다
골짜기의 음산이 노을에 끌려온다
바람은 문을 닫으며 초저녁 뒤로 사라진다
새들이 들판의 고요를 접는다
떠나면서 거미줄 잠금장치 하길 다행이지
노인이 방문을 열자 덜컥 낡은 구르마 바퀴 빠
진다
이상한 낌새를 눈치챈 처마 아무 참견하지 않
는다
이제 간섭은 이 근처에서 사라진 현상

헛간에 걸린 낫이 회고록의 새로운 필진이 되
었다
　표지엔 붉은 녹이 가득하다
　들킬 것도 없는 내면의 풍파
　늙는다는 건 말라간다는 것
　익는다는 건 푸석해진다는 것
　오래된 폐경 속으로 어둠과 고요가 몸을 섞는다

나팔꽃
– 목숨의 길에 서서

당신이 목숨을 걸고 왔던 길을 아무런 위험도 없이
왔다
하늘을 날아올라 대륙을 가로질러 가명도 없이 망
명도 없이 왔다
하늘까지 길을 막는 분단을 메고 청산하지 못한 친
일의 그늘을 끌고
목숨의 길 위에 나팔꽃은 피어 진군 소리 울리는데
우리는 꿀을 사느라 웅성거리며 피의 계곡을 올려
다본다
당신이 떠나던 날 조국의 길가에도 나팔꽃이 피었
던가
당신이 떠나던 날 아내의 가슴도 저렇게 붉은 보라
였던가
해방도 이루지 못하고 독립도 이루지 못하고
계급의 질곡도 타도하지 못하고 못하고 못하고 못
하고
꽃 같던 세 살 어린 아들의 손도 다시 잡지 못하고
당신이 쓰러지던 날의 하늘도 저렇게 붉은 보라였

던가

　동학군으로부터 의병으로부터 삼일 민중으로부터

　최시형 전봉준 황현 홍범식 이청천 김구 김좌진 이
동휘 홍범도

　신돌석 이회영 이육사 윤세주 신채호 진광화 김원
봉 그리고

　이름도 없고 얼굴도 없고 주소도 없고 없고 없고
없고

　남길 것 아무것도 없이 흩뿌려진 피도 붉은 보라였
던가

　당신의 가슴을 뚫고 간 총탄도 저렇게 붉은 보라였
던가

　나팔꽃은 좌우를 가리지 않고 길가에 피어 있는데

　나팔꽃은 무장도 없이 저리 짙은 목숨을 피워 올리
는데

　투쟁의 발길이 지워진 계곡을 새들만 날고 있다

　공작 후작 백작 자작 남작 조선총독부 만주군관
학교

동양척식주식회사 일진회 대정친목회 동민회 국민
협회
　누구는 살아서 부귀를 누리고 죽어서도 이름이 휘
황한데
　그리고 대를 이어가며 강남을 덮고 의열을 짓밟
는데
　신흥무관학교 대한민국임시정부 조선의용군 고려
혁명당
　경성트로이카 조선공산당 조선민족혁명당 신간회
의열단
　누구는 살아서는 부르튼 발로 산천을 헤매고
　죽어서는 남과 북 모두에게 잊혀 구천을 헤매는데
　북간도로 만주로 연해주로 상해로 시베리아로 당
신이 걷던
　목숨의 길에는 지금 무슨 꽃들이 피어 합작을 이
야기하는가
　민족 해방과 계급 투쟁과 노농연대와 이상 국가를
노래하는가

정든 임이 오셨는데 인사를 못 하던 아낙의 행주치
마*는

지금 어느 전선의 깃발로 나부끼고 있는가

나팔꽃은 최후의 결전을 독려하듯 붉은 보라로
피어

우리 발걸음을 이끌어간다 이것이 당신의 뜻인가

당신이 이룩한 것은 우리를 불러 광야를 건너게
하는 것

당신이 이룩한 것은 우리를 벼랑 앞에 세우는 것

이루지 못한 것이 많아 점점 더 붉어지는 가슴으로

당신이 이룩한 것은 팔월의 하늘에 흰 구름을 걸
쳐 놓는 것

제국이 물러간 자리에 또 다른 제국이 들어오고

제국이 물러갔지만 제국의 주구들이 다시 점령한
자리

나팔꽃 여린 줄기는 골짜기를 덮고 산을 넘어

압록강을 건너고 대동강 한강을 건너고 파쇼를
넘어

당신이 떠나오던 길을 되돌아 충주로 대전으로

백두대간을 넘어 통곡을 넘어 밀양 감천리**에 닿
을 것이다

태항산 십자령에서 운두저촌에서 상무촌에서 장
자령에서

당신의 시신을 끌고 이국의 민초들이 걸어간 백 리
길에서

이름 없는 것들은 이름 없는 것들끼리 연대하며 살
아가듯이

당신의 숨소리가 지층으로 쌓여 있는 오지산 절벽

무너질 듯한 벼랑을 딛고 나무 한 그루 자라고
있다

불의 가득한 산천을 향해 뻗어가는 청산의 손짓

어제는 바람이었으나 내일 하늘을 물들일 나뭇
잎이

우리 어깨를 어루만지며 동북쪽으로 나부끼고
있다

독립문의 자유종이 울릴 때까지 인내천에서 통일

까지

　평등에서 평화까지 당신에서 우리까지

---

[*] 의열단의 핵심 인물이 밀양 출신 김원봉이었는데 그들이 가장
즐겨 부른 노래가 〈밀양 아리랑〉이었다고 함.
　[**] 의열단원이었던 윤세주의 고향 마을. 그는 중국 태항산 항일
전투에서 사망함.

다채로운 사색과 사유의 꽃밭

김용락(시인)

1.

근래 내 가슴을 가장 뜨겁게 한 사건이 두 가지
있다. 하나는 지난 4월 2일 현 문재인 정부의 문화체
육관광부 장관인 도종환 시인이 동평양대극장 2층
관람석에서 북한의 김정은 위원장과 함께 관객을 향
해 두 손을 들고 인사하는 장면과 다른 하나는 유홍
준 교수가 쓴 『추사 김정희-산숭해심山崇海深』(창비,
2018)이라는 추사 김정희 평전을 읽은 느낌이다.

우리 문단에서 아는 사람은 다 알겠지만, 도종환
시인은 1984년 초 아무도 눈여겨보지 않는 상황에
서 대구에 있는 몇몇 시인과 함께 '분단시대'라는 문
학 동인을 만들어, 80년대 초반 당시 한국 문단의 흐
름인 동인지 시대를 주도하면서 문학을 통해 분단
극복과 통일의 의지를 불태우고 꾸준히 실천해왔다.

추사 김정희 평전은 "단군 이래 최고의 서예가"와
경세가로서 박람강기한 추사의 경륜과 예술가로서
의 열정도 감동이었지만 그런 추사의 장점을 잘 그

려낸 글쓴이 유홍준 교수의 무르익은 실력과 유려한
문체도 내게 오랫동안 깊은 감동을 주었다.

이 시집의 주인공인 김성장 시인이 바로 도종환의
소개로 한국 문학사에 의미 있는 문학 동인인 '분단
시대'를 통해 시인으로 등단했고, 현재도 문학 동인
의 일원이다. 아울러 김 시인은 중등학교에서 국어
교사로 교편을 잡으면서도 대학원에서 「신영복申榮
福 한글 서예의 사회성 연구」(원광대 동양학 대학원,
2007)로 석사 학위를 받은, 실제 자신이 독특하고
아름다운 붓글씨를 쓰는 현장 서예인이기도 하다.
김성장 시집의 해설 첫머리에 도종환 시인과 추사 평
전을 언급하는 것은 바로 이런 연유이다.

김성장 시인은 충북 옥천 출신인데 한국 문학사
에 빛나는 정지용 시인이 바로 옥천 출신이다. 김 시
인과는 동향인 셈인데 그런 인연 때문인지 김성장
시인은『선생님과 함께 읽는 정지용』이라는 시 해설
서를 펴낸 바도 있다. 나는 일찍이 그의 석사 논문을
자청해서 받아 읽어본 바도 있고, 정지용 해설서도
읽어봤는데 김 시인이 내면에 뜨거운 열정도 있고
매우 부지런한 시인이라는 인상을 받았다.

이런 사적인 정보를 종합해 보면 김성장 시인의
예술적 지향을 짐작하는 게 어렵지 않다. 분단 극복

과 민족의 통일을 지향하는 문학 동인지 『분단시대』를 통해 시인으로서 처음 이름을 내걸었고, 또 예인으로는 서예계에서 매우 이질적인, '혁명운동가'(김성장의 표현) 신영복을 자기의 논문 주제로 삼고, 교직에 근무하는 동안 전교조 운동에도 동참하는 등 그의 문학적 지향을 짐작게 할 이력을 가졌다. 그리고 언어의 기예를 중시 여긴 정지용 시인의 시를 해설해서 학생들에게 가르친 다소 이질적인 경력도 보이는데 이것은 앞서 말한 바 정지용과 동향이라는 인연의 끈 때문이 아닌가 여겨진다.

김성장 시인의 기본적인 예술관을 엿보기 위해 그가 쓴 석사 논문의 한 부분을 조금 들춰보는 것도 나쁘지 않을 것 같다.

인간과 예술의 통일, 예술의 체화, 이것이 신영복 예술의 핵심이 될 수 있을 것이다. 글씨를 글씨로만 쓰는 것은 사자관寫字官에 지나지 않는다거나, 상품화된 서예書藝란 아예 서도書道가 아니라는 생각, 그리고 인격과 학문의 온축이 그 바닥에 깔리지 않는 글씨는 글씨일 수 없다는 생각… (중략)
그(신영복)가 인간 중심 예술관의 연장 선상에서 예술의 사회적 메시지를 펼쳐나가고 있다는 점이다. 신영복은 서예를 사회적 발언의 매개체로 본다. '수단으로서의 예술관'이라 할 수 있다. 인격과 예술 활동을 등가로 보는 그의 예술관에 이미 암시되어 있듯이 그의 예술론은 예술 행위를 하는 주체, 즉 예술가가 발 딛고 서 있는 사회적 현실과 어떤 관계를 맺는가를 중시한다. 예술가는 사회적 역할을 해야 하며 따라서 예술은 현실의 문제를 해결하는 과정의 산물이거나 그 시대정신의 첨단에 서 있어야 한다. 예술은 고매한 취미가 아니며, 과시욕이 될 수도 없고, 우아한 사치일 수는 더욱 없다. 더구나 지식인이 사회적 과제를 붙안고 고민하는 자리에서 당대의 첨단 메시지를 담아내지 못하면 진정한 예술은 탄생할 수 없다. 예술을 통하여 사회현실을 개조할 수 있고 개조해야 한다는 것이다.

- 논문집 6~7쪽

조금 긴 듯도 하지만 내용이 너무 좋아 인용했다. 김성장 시인이 신영복 선생의 예술관을 해명하는 방식으로 발언하고 있지만, 이런 예술관은 신영복의 예술관이자 바로 김성장 자신의 예술관이라 할 수 있다. 이런 생각을 가지고 김성장은 시를 쓰고, 붓글씨(서예)를 하는 것이다.

2.

김성장 시인의 시를 읽어보면 전체적으로는 다양한 시적 관심이 드러나고 있다는 걸 알 수 있다. 1부는 맑고 투명한 언어로 사물을 형상화하면서 인생에 대한 여유와 너그러움이 보이기도 하고, 2부에서는 교직 생활의 경험이 드러난 시, 가령 1980년대 현실참여적인 민중시의 한 갈래인 교육운동시가 주를 이루고 있고, 3부는 존재론적 고민과 자기 내면을 비추는 성찰의 시, 4부에서는 정제되지 않은 관념적 혼돈과 역사 문제에 대해 발언하는 현실주의 시 등이 혼재돼 있다.

그런 의미에서 김성장의 이번 시집은 어떤 단일한 주제를 가지고 일목요연하게 시적 발언을 하고 있다기보다는 그때그때 느끼는 시적 단상을 때로는 격렬한 감정으로, 때로는 깊은 사유와 고뇌의 관념성으로, 어떤 경우는 정지용의 흔적을 느끼게 하는 맑고 투명한 언어의 이미지로 표현하고 있다고 할 수 있다.

절에 다니는 할머니

손주를 아끼는 맘 지극하여

귀애했더니 손주도 잘 따르더라

손주 녀석 잘되라고 손주가 아플 때부터 절에 다
녔는데

손주 자라 할머니 품에서 하는 말

내가 나중에 크면 할머니하고 살 거야

그래그래 우리 손주 착하지

그런데 할머니, 나 교회에 다닌다

할머니도 교회에 다녀

그날 저녁 손주 이부자리 펼치며 할머니 내뿜는
말씀

내가 절에 댕기구

우리 손주가 교회에 댕기면

서로 안 맞아서 손주한테 무슨 일이 생길지 모르
는디

그럼 내가 교회를 댕겨야지

우리 손주 위해서

부처님도 하느님도

다 할머니 품에 있다

- 「할머니」 전문

『처음엔 삐딱하게』(창비교육)에 실린 김성장의 시
이다. 쉬운 이 시가 김성장 시세계를 이해하고, 그의
문학적 지향을 짐작하는 데 중요한 구실을 할 것 같
다. 우선 쉽다. 유머도 있고 너그러움과 포용도 있다.
이 시를 읽으면서 가장 먼저 떠오른 것은 불교 법화
경에 나오는 원융圓融 사상과 공자의 사무사思無邪 정
신이다.

서로 나뉘지 않고, 그래서 갈등하고 분열하기보다
는 받아들이고 포용하고, 손자를 위해 기꺼이 자신
의 신념을 양보하는 이 순정한 할머니 마음이 바로
공자가 갈구했던 아름다운 시정신인 사무사인 것이
다. 이 시가 김성장 시인의 실제 체험을 기록한 것인
지는 알 수 없으나 재미있게 읽히는 시이다.

앞서 김성장 시인이 신영복의 글씨를 연구하는 석
사 논문을 썼다는 사실을 지적한 바 있다. 그와 관련
한 시가 있어서 이채롭다.

추사 이후 새로운 붓 신영복 교수가

처음처럼이라고 썼을 때
처음처럼 살지 못하는 나무들이 멈칫했다
갈필의 온건이 좌파를 다독거리며
벽에 걸린 글씨가 벽을 부술 듯 격렬했던 순간

소주가 빠져나간 자리에 휘발유를 채우고
꽃을 심어 던지던 적의의 날들이 있었다
독재의 벙커를 향해 던졌으나
꽃은 허공에서 터지고 낮달만 까맣게 그을렸던가

처음의 맹세는 맑고 투명했으며
사소한 것은 아무것도 없었다
그러나 오늘 닭발을 뒤적이며 뒤척이는 날
포장의 벙커에 스스로를 가둔 최루의 원탁
꽃은 찢어지고 병뚜껑은 닫힌 지 이미 오래다

참이슬*에 젖은 풀잎들이 저쪽
 몇 그루의 사람은 굳이 처음처럼**을 달라했고
주름진
 강경의 손으로 우이牛耳***의 서체를 감아쥐며 병
뚜껑을 돌린다

나무에 무슨 꽃이 피려는 걸까 달빛은

모반도 계엄령도 비추지 않는데

처음처럼 투명한 액체는 휘발유가 아니다

등 뒤로 더불어 숲이 흔들리는 밤

- 「처음처럼」전문

(*소주 이름 **소주 이름, 글씨를 신영복 교수가 썼다. ***신영복 교수
의 호)

이 시는 각주에서 알 수 있듯이 신영복 선생의 글
씨로 쓴 특정 소주 브랜드 '처음처럼'이라는 이름에
착안하여 쓴 시이다. 그 소주를 마시면서 빈 소주병
에 휘발유를 넣고 '꽃'(화염병)을 만들어 독재 권력
을 향해 투척하던 투쟁의 날들을 회상하면서 쓴 시
이다. 그런데 주목할 것은 "처음처럼 살지 못하는 나
무들이 멈칫했다" "등 뒤로 더불어 숲이 흔들리는
밤"처럼 시적 화자가 사회운동의 각오를 다졌던 처
음처럼 결연한 투쟁의 의지를 지속하는 게 아니라,
뭔가 아쉬워하고 부끄러워하는 회오의 감정을 드러
낸다는 것이다.

이런 마음이 왜 생길까? 그것은 그가 바로 시인이
기 때문이다. 시인의 순결한 마음 때문이다. 그가 시

인이 아니라면, 직업운동가라면 아니 허명에 취한 운동가라면 여전히 강철 같은 투사인 것처럼 위장할 수도 있었으리라. 실제로 우리의 근·현대 운동사에서 누구보다 선명하고 선도적인 각오를 뽐내던 많은 강경파 운동가들이 먼저 훼절한 예를 무수히 볼 수 있었던 것도 사실이다. 철학자 헤겔이 말했던가? 회의하지 않고 얻은 지식은 참된 지식이 아니라고.

　　　나는 설움이 많아서 사물을 제대로 볼 수 없는
　　시인이다
　　　두려움 때문에 눈은 점점 커지고
　　　커진 눈동자 사이로 바람이 몰아쳐
　　　구석구석 먼지가 쌓여 있으니
　　　나는 아픈 데가 많아서 사물을 있는 그대로 볼
　　수가 없다

　　　눈물은 이미 다 쏟아버려
　　　모래밭이 된 지 오래
　　　그대 눈물 흘러온다면 스며 사라지겠지

　　　그대는 목숨을 걸었는데 나는
　　　손가락 하나 걸지 못하였다

후회도 할 수 없다

그러나 어디 전봇대처럼 선명한 사상이 있으랴
낙타가 자기 발을 보고 문득 낙타임을 깨닫듯이
기도하려고 했을 때 손이 없음을 깨닫듯이
내가 나를 사물로 세워놓고 바라본다

좀 더 있으면 가을이 끝날 것이다 그때 나도
고독에 대하여 몇 마디 할 수 있으리라
호숫가로 나아가 트럼펫을 불며
물결 위로 띄워 보낸 날에 대하여
어쩌면 서러움에 대하여 몇 줄의 악보를 그으리라

분하고 원통한 것이 많아 다리는 휘어지고
그리운 것들 아우성대니
흔들리며 걸을 수밖에 없다

흔들리며 흔들리며 나는
사물을 흔들며 걸을 수밖에 없는 시인이다

- 「나는 시인이다」 전문

나에게는 이 시가 이 시집에서 가장 빼어난 시로 읽힌다. 특히 첫 행 "나는 설움이 많아서 사물을 제대로 볼 수 없는 시인이다"는 절구이다. 인생에서 '설움'이 없다면 시인이 아니다. 또한 '아픔'이 없다 해도 시인이 아니다. 그런 시인은 "흔들리며 걸을 수밖에 없다".

  "그대는 목숨을 걸었는데 나는/손가락 하나 걸지 못하였다". "그러나 어디 전봇대처럼 선명한 사상이 있으랴". 그러니 인생에서도 운동에서도 나는 "흔들리며 걸을 수밖에 없다". 그러나 그게 끝은 아니다. 나도 "좀 더 있으면 가을이 끝날 것이다 그때 나도/고독에 대하여 몇 마디 할 수 있으리라/호숫가로 나아가 트럼펫을 불며/물결 위로 띄워 보낸 날에 대하여/어쩌면 서러움에 대하여 몇 줄의 악보를 그으리라"면서 희망에 대해 이야기할 수 있을 것이라는 의지를 내비치고 있다.

  이렇듯 순수하고 순결한 마음이 시인의 마음이 아닐까? 이런 마음은 다음과 같은 시에서 더 고조된다.

  선언문의 마지막 문장처럼 찬비가 내리는 고두미 마을

1936년 2월 21일 그대는 죽고 2015년 2월 21일
우리는 살아 있다

　　(중략)

　　단재 이전의 역사와 이후의 역사가 달라졌는데
　　제단은 먼지처럼 가볍고 제국의 시간은 계단마다
선명하다

　　맹세를 흔들던 북경의 바람은 어디를 향해 멈추
었는가
　　단죄의 칼은 아我와 비아非我를 갈랐던가
　　단재의 칼은 어느 장군의 안가에서 녹슬어 가
는가

　　의열이 겨울 잔디 위에 스며들며 치를 떠는 시간
　　앞산은 망명객의 등짝처럼 멀어지며 마을을 휘
돈다

　　아나키스트의 자세로 서서 결사를 맺는 사당의
기둥들
　　신민의 나라는 팽팽한 분단인데

투쟁은 여전히 석방되지 않고 우리의 강령엔 겨
울나무만 앙상하다

─「단재 사당」부분

당신이 목숨을 걸고 왔던 길을 아무런 위험도 없
이 왔다
　하늘을 날아올라 대륙을 가로질러 가명도 없이
망명도 없이 왔다
　하늘까지 길을 막는 분단을 메고 청산하지 못한
친일의 그늘을 끌고
　목숨의 길 위에 나팔꽃은 피어 진군 소리 울리
는데
　우리는 꿀을 사느라 웅성거리며 피의 계곡을 올
려다본다

　(중략)

당신이 쓰러지던 날의 하늘도 저렇게 붉은 보라
였던가
　동학군으로부터 의병으로부터 삼일 민중으로부터
　최시형 전봉준 황현 홍범식 이청천 김구 김좌진
이동휘 홍범도

신돌석 이회영 이육사 윤세주 신채호 진광화 김
원봉 그리고
　이름도 없고 얼굴도 없고 주소도 없고 없고 없고
없고
　남길 것 아무것도 없이 흩뿌려진 피도 붉은 보라
였던가

　(중략)

　불의 가득한 산천을 향해 뻗어가는 청산의 손짓
　어제는 바람이었으나 내일 하늘을 물들일 나뭇
잎이
　우리 어깨를 어루만지며 동북쪽으로 나부끼고
있다
　독립문의 자유종이 울릴 때까지 인내천에서 통일
까지
　평등에서 평화까지 당신에서 우리까지

　　　　　　　　　- 「나팔꽃-목숨의 길에 서서」부분

　단재 사당이 있는 충북 청원군 낭성면 귀래리에
나도 가본 적이 있다. 1980년대 초반, '분단시대' 문학 동인을 결성하고 청주와 대구를 오가면서 결의를 다질 때 처음 고두미 마을에 가서 단재 선생의 영령에 참배를 올리면서, 독재정권을 부수고 분단을 극복하고 통일의 그날까지 청춘을 바칠 것을 각오한 적이 있다. 이후에도 각각 다른 일정으로 두어 차례 더 단재 사당을 찾은 적이 있다.

알려진 것처럼 단재는 절개 있는 언론인이자 역사학자이자 독립운동가로 일제에 체포돼 해방이 되기 전에 여순감옥에서 옥사하였다. 김성장 시인이 지금 단재를 호명하는 것은 "신민의 나라는 팽팽한 분단인데/투쟁은 여전히 석방되지 않고 우리의 강령엔 겨울나무만 앙상하다"는 시구절처럼 21세기에도 조국의 분단은 여전하고 분단 극복과 통일을 하기 위한 우리들의 투쟁은 미흡하다는 사실을 성찰하고 있는 것이다.

그런 의식은 「나팔꽃─목숨의 길에 서서」에서 좀 더 확연하고 결연한 의지로 나타나고 있다. "동학군으로부터 의병으로부터 삼일 민중으로부터/최시형 전봉준 황현 홍범식 이청천 김구 김좌진 이동휘 홍범도/신돌석 이회영 이육사 윤세주 신채호 진광화 김원봉 그리고/이름도 없고 얼굴도 없고 주소도 없"는 근대사의 거의 모든 독립운동가를 호명하고 이름도 없고 얼굴도 없고 주소도 없는 잡초처럼 사라져 간 무명의 애국자들을 호명하고 있다. 이들의 호명 후에는 친일파로 부귀영화를 누렸던 이들을 지목한 다. "공작 후작 백작 자작 남작 조선총복부 만주군 관학교/동양척식주식회사 일진회 대정친목회 동민 회 국민협회/누구는 살아서 부귀를 누리고 죽어서 도 이름이 휘황한데/그리고 대를 이어가며 강남을 덮고 의열을 짓밟는"도착된 현실에 대해 분노하면 서, "독립문의 자유종이 울릴 때까지 인내천에서 통 일까지/평등에서 평화까지 당신에서 우리까지"공 동체 정서의 회복을 염원하고 있다. 이처럼 곧은 절 개를 기리고, 어그러진 역사와 민족 현실에 대해 고 뇌하고 아파하는 게 김성장 시정신의 가장 중요한 부분이라 할 수 있다.

이런 시정신은 문단의 분위기가 바뀌고, 소위 문 학의 풍향계가 바뀌어 기괴한 언어실험이나 불화하 는 내면의 문제와 같은 미시담론이 문단의 새로운 유행이나 주류로 등장해서 상업적인 성공을 거둔다 고 할지라도, 또 보기에 따라서는 이런 류의 시가 낡 은 70~80년대의 이념시처럼 보일 수도 있겠으나 문 학의 본질적인 의미를 생각해볼 때 가벼이 할 수 없 는, 어쩌면 가장 의미 있는 태도라 할 수 있다.

김성장 시인의 이런 태도는 교직이라는 현장에 있을 때의 다음과 같은 시로 이어진다.

며칠째 신발장에 운동화가 버려져 있다
주인을 찾아도 나타나지 않는다
내 발에 맞기만 한다면 갖고 싶을 만큼 아직
새것
일찌감치 무소유를 깨달은 아이들은 언제부터
인지
물건에 집착하지 않는다

혹시 부처님인가

남의 물건을 탐내지 않는다
필요하면 눈에 띄는 대로 가져다 쓰고 버린다
그냥 아무거나 공용이다
쉽게 쓰고 쉽게 버리고 쉽게 잊는다 이런!
공용주의자인가

혹시 빨갱이인가

아무에게나 욕을 하고

교과서도 없다
자고 싶으면 자고 가고 싶으면 가고
학교 오고 집에 가는 일이 거침없는
놀라운 대 자유
위아래도 없고 좌우도 없음을 일찍 깨우쳤다

혹시 아나키스트인가

일찍이 교과서에 더 배울게 없음을 알아버리신
분들
공부하기 싫으면 학교를 떠나라 해도
끈질기게 학교에 와서 저항한다
교사에게
성실한 친구들에게
성실한 체제 수호자들에게도 한 방을 날린다
아 씨발 존나 짜증 나

혹시 혁명가인가

                              - 「혹시」전문

복도 저 끝

아이들 셋이 나란히 무릎 꿇고 앉아 있는 모
습은
우리 교육의 한 상징과 맞닥뜨린 것 같아
잠시 발을 멈추게 된다
어둠 컴컴한 복도 끝 창을 통해 들어온
햇빛 때문에 그 실루엣이 선명해지는 순간은
더더욱 난감하다
두 팔을 무릎 위에 얹었다가 때로는
어깨 힘을 뺀 채 고개를 떨구기도 하고,
아, 그때 과장스럽게 튀어나온 어깻죽지는
꼭 독수리의 접힌 날개 같기도 하다
아예 허리를 구부러뜨려
이마를 땅에 박아버리는 경우도 있다
흙더미처럼 고요한 저 수행자
아이는 어른의 거울이라는데
내가 해야 할 참회의 자세를 저 아이에게 맡겨
놓은 채
교과서를 들고 나는 지나간다
아이와 나 사이에 흐르는 침묵의 간격을 건너
천천히 건너 교실로 간다
독수리 바글거리는 숲으로 간다

　80년대 '교육시'는 독재 권력의 하수인으로 작동하던 당시의 억압적인 교육 현실과 무시되던 학생들의 인권에 대해, 그리고 이런 현실을 바꾸고자 하는 참교육에 대한 탄압에 맞서 결연하고 처절한 어조로 저항해 왔다. 이런 현장 교사들의 투쟁정신에서 발원한 민주주의 정신이 '전교조'와 '교문창'(교육문예창작회)으로 결성돼 교육 민주화와 사회 민주화에 중요한 역할을 한 사실을 우리는 잘 알고 있다. 김성장 시인도 이런 시인 가운데 한 사람이었다.

　그런데 인용한 두 시는 기존의 교육시들과는 결을 달리하고 있다. 유머와 자기성찰을 동원하면서 현재의 교육현장을 한 편의 묵화처럼 그리고 있다. 학생들 서로가 혹독한 경쟁을 일삼고, 빈부와 지방과 수도권이라는 참혹한 양극화의 틈바구니 아래서 완전히 무너진 교육현장의 모습을 리얼하게 그리고 있다. 그러면서도 "내가 해야 할 참회의 자세를 저 아이에게 맡겨놓은 채/교과서를 들고 나는 지나간다"라는 표현처럼 성찰의 모습을 보인다. 이런 것도 80년대 일반적인 교육 투쟁시와 달라진 모습이라면 달라진 모습이다.

김성장 시의 또 다른 한 모습은 정지용의 영향을 생각하게 하는 언어의 기예, 이미지가 돋보이는 시들이다. 다음 시들을 보자.

> 섬에서 자라는 시금치는 물결의 화석
> 할머니가 시금치를 캐고 있다
> 작은 배 하나 띄워 놓고
> 파도를 뜯어 배에 던진다
> 끼룩끼룩 날아가 수레에 앉는 시금치
> 늙은 섬이 흘러가며 시금치를 담는다

- 「수치도」 전문

점심 먹고 화단으로 가니 산수유 노란 꽃잎이 내 손목을 잡아끈다 너무 세게 잡아당기는 바람에 하마터면 나는 산수유의 앙가슴에 쓰러질 뻔했다 그러나 그곳에 쓰러지기엔 나의 몸이 너무 딱딱했다 아마 그의 속옷과 갈비뼈마저 산산이 부서지고 말았으리라 나는 겨우 발길을 돌리기는 하였지만 그 노란 입술과 고개 숙인 눈동자의 흰 웃음은 자꾸 내 등에 와서 업힌다 손목은 자꾸 화끈거리고

「수치도」는 수치도라는 섬에서 할머니가 시금치를 캐는 모습을 형상화한 작품이다. "시금치는 물결의 화석"이란 표현은 언어의 조탁미를 극도로 끌어올린 구절이다. 게다가 "끼룩끼룩 날아가 수레에 앉는 시금치"는 금방이라도 갈매기로 변해 바다 위로 날아오를 것만 같은 생동감이 난다.

봄 산수유와의 춘정을 다룬 시 「춘정」 또한 「수치도」에 못지않다. "산수유 노란 꽃잎이 내 손목을 잡아끈다" "산수유의 앙가슴에 쓰러질 뻔 했다" "노란 입술과 고개 숙인 눈동자의 흰 웃음"은 언어의 회화감을 절정으로 끌어올린 작품이다.

「파닥거리는 슬픔」이라는 시에서도 시인은 "튕겨오른 물방울이 눈썹의 숲을 적시지" "하얗게 부서진 소금 가루"와 같이 섬세하고 아름다운 표현으로 슬픔의 미학을 극대화하고 있다.

이런 시만 있는 것은 아니다. 인생사 처절한 운명의 끈을 연상케 하는, 존재론적 본질에 대해 깊이 고뇌하고 숙고하는 시도 있다.

삶이 쓸쓸한 시절에 한 번씩 짐을 정리한다

아직은 버릴 수 없는 것들과
이제는 버려야 할 것들을 나누게 되는데
계속 살아남는 것은 빈 봉투들이다
그리고 저 노끈들

한때는 내 손끝에서 흘러나가
이웃집 담장을 넘고
잠든 여인의 가랑이 사이로 흘러들더니
한때는 내 눈 속에 들어와 깊은 병이 되더니
어느 봄날 희미한 삶에 밑줄을 그으며 붉어지더니
책을 묶고, 옷을 묶고, 쓸쓸함을 묶고

그러고는 내 시신을 묶어 빈 봉투에 넣어야 할
잘 묶이지 않는 내 입을 향하여 천천히 흘러내
리는
노끈의 시간

겨드랑이가 쓸쓸한 시절에 한 번씩 끈이 꿈틀거
린다

이 시에서 '끈'은 무엇일까? "아직은 버릴 수 없는 것들과/이제는 버려야 할 것들을 나누게 되는데/계속 살아남는 것은 빈 봉투들이다/그리고 저 노끈들"에서 말하는 바처럼, 버릴 수 없는 것과 버려야 할 것을 나누는데도 계속 살아있는 게 바로 그 끈이다. 끈은 결코 버릴 수 없는 끈질긴 운명의 끈인가, 핏줄인가, 가난인가, 자기 소외와 운둔과 같은 것인가? 이 질문에 대답이 되는 듯한 시가 보여 흥미롭다.

당신이 붕어빵 장사를 시작했다고 해서 농협 앞 사거리에 갔는데 시를 생각하며 집 앞을 나서는 해질 무렵 붕어빵은 시가 될 수 있지만 친누이의 붕어빵은 사적 거리가 너무 가까워 시가 되기엔 간극이 좀 더 필요하다고 생각했는데 내 사유의 어두운 뒷골목이었던 피붙이 나의 물결이었고 바람이었고 국민학교 중퇴였던 가족의 환부 통점이었고 지표였고 절망이었던 시절의 창문 김성장과 여섯 살 터울의 김성희 그 현세의 촌수가 주는 인연이 당신과 나의 존재론적 거리가 너무 가까워 사태를 객관적으로 보기 어렵다는 생각이 들었는데 죽은 붕어들이 입을 벌리고 내장에 검은 팥을 넣고 가지런히 누워 있는데 나는 가난이란 없으며 그것은 다 마음이 빚은 것이라는 법문을 움켜쥐고 아제아제바라아제바라승아제 하려 했는데 아직은 겨울의 문턱 겨울을 건너려면 눈보라가 몇 번 몰아쳐야 하고 농협 직원의 위협이 있을 것인데 농사를 지을 수 없었던 애비의 묵은 논바닥 지푸라기처럼 늘어진 머리카락 지푸라기보다 더 푸석거리는 머리카락을 기름에 쩐 장갑의 손으로 쓸어 올릴 때 쓸쓸함은 다 마음이 짓는 것이라고 참 쓸쓸한 생각을 했던 것인데 펄럭이는 천막의 푸른빛이 푸르지 못할 때 시와 삶이 뒤엉켜 어지러울 때 내가 당신 의자에 앉고 당신이 밀가루를 개며 야 장사가 꽤 되는데 웃는 푸른 물결 너머로 환부가 환하게 보이는데

- 「일체유심조」 전문

　「일체유심조」는 가난한 가족 풍경이다. 그러나 시적 화자는 이 가난을 마음속으로는 끝내 받아들이지 못한다. 초등학교 중퇴 누이, 농사를 지을 수 없는 아버지가 (아마 상환해야 할 농협 빚 때문에) 농협 직원의 위협을 받고 있고, 여섯 살이나 어린 누이

가 붕어빵 장사를 하는데, 시적 화자인 시인은 모든 게 마음이 만드는 것이라는 불법佛法을 뇌면서 그 가난과 정면으로 대결하기를 피하는 듯한 모습을 보여 준다.

왜일까? "자고 나면 머리맡에 쥐똥이 쌓여 있었"고 "사랑할 것은 쥐똥밖에/없었네 밤새도록 머리 위에서 내 꿈을 휘젓고/아침이면 부뚜막 쥐구멍에서 쥐똥 같은 눈이/반짝이며 내 삶을 빛내 주었네 천정을/질러가는 쥐 발자국 소리처럼 젊은 날은/몰래몰래 흩어지"던 환경에서도 "나는 쥐똥을 벗어날 수 없었네"(「쥐똥」)라고 자신의 삶에서 가난을 운명으로 받아들이는 퇴행적인 정서 때문일까? 그럴지도 모르겠다. 시인이라는 존재는 돈을 벌고 가족의 생계를 꾸리고 부를 쌓는 데 기본적으로 취약한 존재인지도 모른다. 자본주의에 불친화적인 존재가 바로 시인이다. 그래서 눈앞에 닥친 가난을 가난으로 인식하지 못하고 일체유심조를 되뇌고 있는 것이다.

이런 마음은 자연스레 현실 회피적인 운둔과 자기 소외의 정서로 빠지게 된다. 다음 시를 보자.

승객 여러분 안녕하십니까
본 열차는 무정부역을 지나 소외 누추 평강을 지

나

처연 그리고 고립으로 가는 열차입니다

열차를 잘 못 타신 고객께서는 차에서 내려

다른 열차를 이용하시기 바랍니다

열차가 출발합니다

고립까지는 약 아득의 시간이 소요될 예정입니다

가시는 곳까지 묵언의 시간 되십시오

-「운둔행 열차」부분

김성장이 「운둔행 열차」에서 보여주는 정서는 현실 회피와 자기 소외의 정서이다. '무정부' '소외' '누추' '처연' '고립' '운둔'과 같은 언어의 이미지는 명백히 현실 퇴행적이다. 사람이 언제나 관대하고 포용적일 수는 없다. 늘 강고한 투쟁의 결의로만 살 수도 없고, 아무 생각 없이 언어유희에 빠져 살 수도 없는 일이다. 그렇다고 가난했던 옛 기억에만 사로잡혀 살 수도 없고 현실을 도외시하고 존재의 심연만 추구할 수도 없는 것이다.

상황과 때에 따라 변하는 게 인간의 마음인 것이다. 그런 의미에서 이 시집은 특정 주제나 의도를 가지고 일목요연하게 기획한 시집이 아니고 시인이 생활하면서 느끼는 감정이나 상황에 따른 정서적 반응을 가감 없이 기록한 결과물로 보인다. 이 시집을 통해 우리는 시인의 사색과 사유의 변화를 분식 없이 맛볼 수가 있다.

김성장의 이번 시집에는 인간을 포용하는 원융과 사무사, 역사에 대한 견결한 투쟁의지, 참회와 같은 자기성찰, 섬세하고 아름다운 회화적 언어 기예, 끈으로 묶인 것 같은 운명적인 가족과 가난에 대한 회오, 실존에 대한 깊은 연민을 읽을 수 있는 시들이 가득하다. 이 한 폭의 잘 짜인 다채로운 사색과 사유의 꽃밭을 구경할 수 있는 것도 독자로서 복이라면 복이라 할 수 있을 것 같다.

눈물은 한때 우리가 바다에 살았다는 흔적

2019년 2월 22일 1판 1쇄 펴냄

지은이	김성장
펴낸이	김성규
책임편집	김은경
디자인	진다솜
펴낸곳	걷는사람
주소	서울 마포구 월드컵로16길 51 서교자이빌 304호
전화	02 323 2602
팩스	02 323 2603
등록	2016년 11월 18일 제25100-2016-000083호

ISBN 979-11-89128-28-9 04810

ISBN 979-11-89128-01-2 (세트)